美院高考完全手册

设计创意

秦　臻
彭奂焕　　编著
陈　石
汪　涌

广西美术出版社

目 录

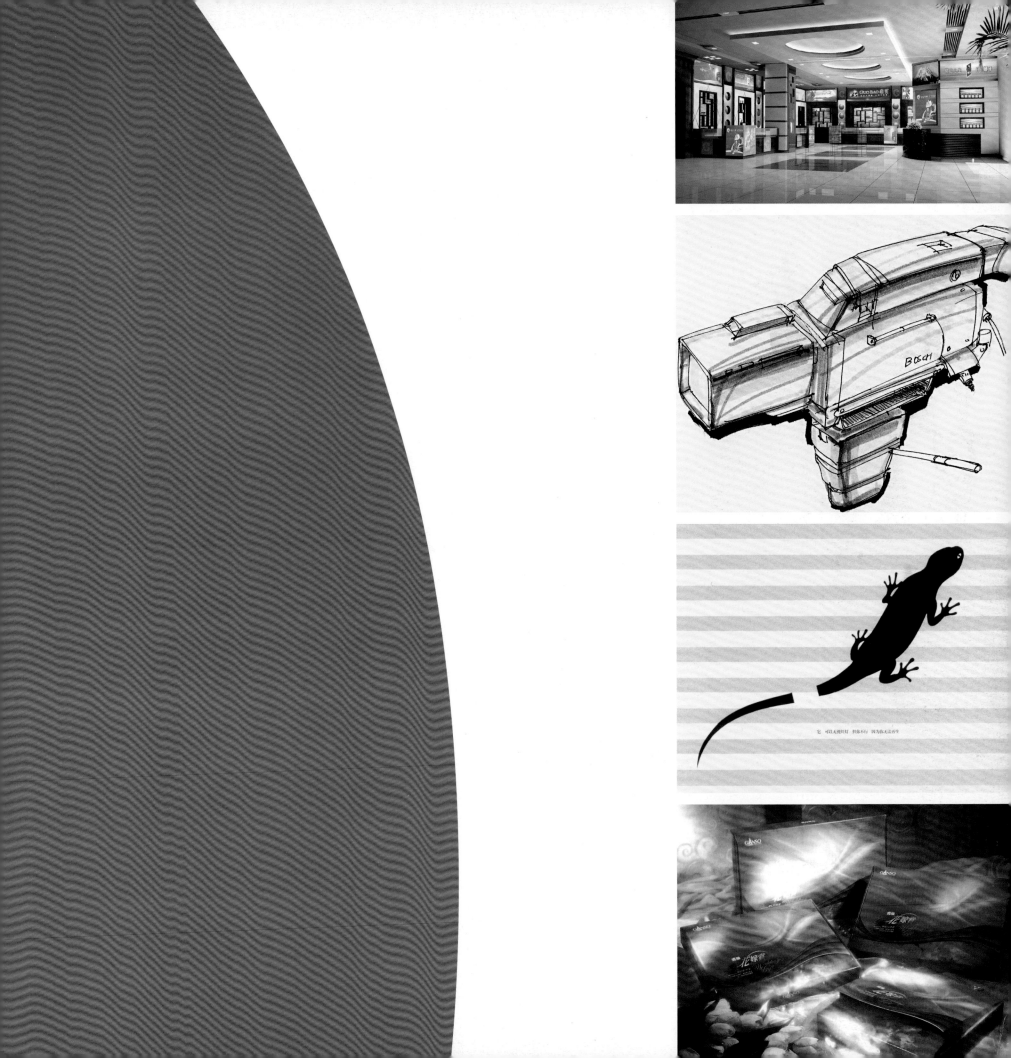

一　总述

(一)设计创意概念

我们身处的周围环境，我们所用的、所看到的，我们所创造的，都留有人类的设计创造的印痕，这些设计创意，无一不体现着我们自身的理性与情感的特征，表达着我们的思想。从远古到现代，设计一直都是一个永恒的主题，正是因为设计以及设计思维，才使得人类社会从野蛮走向了文明，从原始社会一路走到当前的后工业社会。

设计，是一个比较广泛的概念，可以泛指人类把自己的意志加在自然界之上，同时创造人类文明的一种广泛的活动。"设计"一词的英文单词"design"的早期词义为："艺术家心中的创作意念"，这一词义一直延续到工业化社会以前，工业革命以及工业大生产使得"design"的词意从原来的单纯的"艺术创造"拓展出来，而真正具有现代意义的"设计"概念：它既指进行某种创造活动时的计划、方案的过程，也指在我们头脑中进行的构思。正如张道一教授在其主编的《工业设计全书》中对"设计"所下的定义：设计是围绕某一目的而展开的计划方案或设计方案，是思维、创造的动态的过程，其结果最终以某种符号(语言、文字、　图样及模型等)表达出来。

在具体的设计活动中，构思、创意的过程显得尤为重要。所谓创意，即是创造新意，是要求通过寻求某种可以表达一定主题思想和宣传概念的创造性意念、构想和点子，来满足人类更有效传达要求的有目的、有指向的一种主动的思想行为。创造性是设计创意的核心所在，独特性更是其具体的呈现。创意作为一种创造性的活动过程，其行为结果必须是"独特的、新颖的"。创意活动又可被理解为："创异"和"创益"，这两个词语就表明了"创意"就是要求用独特、新颖的创造性的设计去产生更大的效益。创意设计的运用涉及我们生活中的各方各面，小到我们日常的生活用品，大到各类交通工具，甚至社会生活的方方面面，都无处不在地显示着它广泛的辐射力和独特的创造力；我们也时时为其精彩的构思、出色的创意表现及其创造的巨大效益所叹服。对于我们参加高考的各类设计专业考生而言，在具体的各专业如：包装装潢设计、环境艺术设计、服装设计、工业产品造型设计等，都是通过我们在设计中应用创意的表达来表现主题。在考试中，通过基本的表现手法的运用和特定技术手段的介入，营造出一个与表现主题相适应、为主题服务的意境，以反映自己的设计目的和意图。

(二)如何培养创造性的思维

设计创意既然在艺术设计中如此重要，那我们又如何培养我们的创造性思维能力，同时有哪些方法可以帮助我们进行创意性的设计和表现呢? 我们在设计中的思维过程是一种创造性的设计思维，这种创造性的设计思维包含了科学思维和艺术思维的两种特质，是这两种思维方式整合的结果。我们认为：设计中的创造性思维方式是由科学思维和艺术思维组合的结果。

①设计中的创造性思维方式是科学思维的严密逻辑性和艺术思维的形象性的有机组合。这种思维的特征既是理性的同时又是感性的。但是，不同于艺术思维的是，设计中的创造性思维必须是制约在特定产品的内在结构和使用功能的合理性上的。

②艺术思维在设计思维中具有相对的独立性和重要的地位。艺术思维在设计的过程中始终存在，它是一种形象思维，并且也是设计思维的主要思维方式。

③设计思维是一种创造性思维，这就要求思维的对象或结果必须新颖，本身还必须具有创造性。

作为立志于投身艺术设计专业学习的学生来说，创意思维的培养具有特别重要的意义，在日常的学习和训练中，应充分发挥我们大脑的潜能，展开我们想象的翅膀，激发灵感，从不同的角度去思考问题。而具体的创造性思维方法，则可以从以下几个方面去进行训练和发挥：

A.独特性，要求思考问题的角度与众不同，有独特的对象、独特的方法、独特的见解等。

B.多向的思维方式，从正向、反向、纵向、横向、侧向等多角度进行立体思维。

C.跨越性的思维模式，可以帮助我们越过思维的障碍，产生新的创意思维。

D.综合性，就是要求进行系统考虑，辨证分析，运用多样方法进行交叉分析，将层出不穷的观念、想法进行优选组合，得到新的创意等方法。

(三)设计的表现

每一件设计作品，都要通过特定的媒介进行表达，最后才能够成为成品。通常的设计方案或设计作品的表现手法我们常用的有铅笔淡彩、水彩笔、麦克笔彩绘作图以及电脑作图等。通过以上这几种艺术表现手法的分别运用或者综合应用，或者应用各种技术、科技手段如：喷笔、电脑等，表现出与设计主题相适应，可以表达设计思想、设计创意的画面。它的表现内容包括表现样式、风格定位、诉求点的选择等。在我们通常所讲的艺术设计的几大门类中，如环境艺术设计、广告装潢设计、工业造型设计、服装设计等，都应是有同样的要求，那就是都要依靠独特、新颖的设计创意来准确有效地表现和表达其设计意图和设计思想。计算机辅助设计可以有效地提高我们的工作效率，同时还具有准确、表现能力丰富、效果逼真等优势，是现代设计中重要的工具。常用的两种操作系统分别为苹果公司的Macintosh系统和IBM公司的系统。常用的图形处理及编排软件则有"Photoshop""Illustrator""CorelDraw""3DMAX""autoCAD"等。但是，对电脑设计的过分依赖又会造成设计的千篇一律、单调呆板的弊端，使得不少设计师重新审视电脑的作用，并重新重视比较简单的手工技法和手绘在设计中的应用，力图达到更具有人性化、个人情趣的目的。

二 服装设计

(一)服装设计概说

1.什么是服装

人们常说过日子为："衣、食、住、行"，"衣"放在前，可见多么重要。古时候上称为衣，下称为裳，"裳"即"裙"。今天叫的"衣裳""衣服"，一般是指遮盖人体的纺织品。而"服装"是指人穿上衣服后所产生的一种状态。我们平时所说的"服装美"，指的就是这种状态的美，服装艺术设计也就是对于这种状态的、人与衣服之间的、衣服与环境的高度协调的一种设计。

常说的"时装"，就是最富于时代感的、时兴的、时尚的服装，时装是区别于已出现过的服装而存在的。时装的"时"含有时空背景的界定范围。现在过时的服装曾经也可能是时装，比如"中山装"在上个世纪初就很时尚。时装具有自己的周期性，一般由流行到高潮，再到结束。

服装行业的人常说的"成衣"是指应时出现的按一定规格和标准型号而批量生产的衣服。服装商场出售的多是成衣。成衣的前身是时装，而时装是通过成衣的形式来流行的。当今，一个时装发布会、一个成衣博览会的运作方式，就促成这一浪高过一浪的、时尚的流行潮。

2.什么是服装设计

原始人类用木片、树叶、兽皮遮身护体，代表了那时的基本要求和低下的生产力。他们从刮木片、编树叶、割兽皮，到缠在腰上的过程就包含着最原始的服装设计成分。在漫长的桑棉种植、纺织缝纫技术过程中，随着社会经济和民族文化的不断发展，服装已经从护体保暖的基本功能向外拓展，逐渐产生了"裁缝"这一行业，裁缝就是服装设计的前身。

今天我们的服装艺术设计是运用一定的思维形式、美学法则和设计程序将设计构想以绘画手段表现出来，而后选择适当的材料，并通过相应的剪裁方法和缝制工艺，使设计构想进一步实现物化的一个过程。与其他造型艺术的设计相比，服装设计的特殊性在于它是以各种不同的人作为造型的对象，不同的人的需求作为造型目的。而不同的形体特征、款式、造型、剪裁方法、缝制工艺，都有相互衔接、相互制约的关系。所以，服装设计常常受到综合因素的影响。

另外，服装是人着装后形成的一种状态，服装设计不仅仅要进行衣物的造型及色彩的配置，还要进行整个着装状态的设计，包括服装与配件之间的整体搭配、面料与辅料之间的协调统一。服装是处在一定空间和环境的立体造型，应充分考虑到服装与环境在色彩上、造型上和感觉上的相依共融的整体关系，以创造一种和谐的视觉美感。

(二)服装设计的造型形式、规律及美学原理

学习服装设计一定要了解基本的美学原理和掌握基本的形式造型规律。

1.对称

对称是造型艺术的最基本的构成形式，无论是在传统造型艺术中还是在现代造型艺术中，对称形式都被广泛地运用着。如我国古代建筑、器皿、文字及诗词，都体现着对称的形式美感。大自然中的对称更是比比皆是。就说我们的人体，也是对称美的典范。

对称是指图形或物体的对称轴两侧或中心点的四周，在大小、形状和排列组合上具有一一对应的关系。对称是服装造型中最常用的也是最普遍的一种形式法则，在我国传统服饰的造型中尤其如此。(如图1)对称具有严肃、大方、稳定、端庄的感性特征。在服装款式的构成中，一般多采用左右对称和局部对称的形式。

①左右对称：由于人的体形是左右对称的，因此，衣服的基本形态也多采用左右对称的形式。尽管这种左右对称会在视觉上有一些呆板感，但由于人体是随时都处于运动状态之中，着装后会减弱这种感觉。(如图2)

图1

图2

②局部对称: 服装构成中的局部对称是指在服装整体的某一个局部采取对称的形式。这种形式的运用其位置是精心设计的, 一般可在肩部、胸部、腰部、袖子或利用服饰配件来实现。(如图3)

图3　　　　　图4

2. 均衡

均衡是指图形中轴线两侧或中心点四周的形状、大小、多少虽不尽相同, 却以变换位置、调整空间、改变面积, 求得视觉上量感的平衡。均衡较之对称显得丰富多变和灵活, 在服装造型中, 均衡的形式一般是通过门襟、纽扣、口袋、纹饰等装饰手段来体现。(如图4)

3. 对比

对比是两种事物对置时而形成的一种直观效果, 对于服装来讲, 主要表现在款式对比: 长短、松紧、曲直、动静、凹凸、疏密等效果。面料对比: 粗犷与细腻、硬挺与柔软、厚重与飘逸、平展与褶皱、有光泽与无光泽等。色彩对比: 色彩的明度对比(亮色与暗色)、纯度对比(鲜艳色与灰色)、色相对比(黄色与蓝色、绿色与红色), 以及色彩的形态、使用面积、空间位置上形成对比关系。对比, 使服装更鲜明、深刻。(如图5、图6)

4. 调和

对比给人感觉活泼、跳跃, 调和给人感觉协调、秩序、统一。这种关系常常体现在服装的整体结构中, 一系列服装就体现在整体的色调上或相似元素的呼应中。服装设计要把握调和与对比的关系, 使之既调和, 又富于变化。(如图7)

5. 节奏

服装的节奏主要体现在点、线、面、体的构成形式上, 直线和曲线的有秩序的变化, 皱褶的重复出现, 纽扣或装饰的聚散关系, 色彩强弱的变化, 色彩明暗的层次, 款式内外形态, 结构的单向或双向渐变等。这些构成要素和形式美的运用会使服装产生节奏感和韵律感。(如图8)

6. 比例

比例是指整体与局部、局部与局部之间通过面积、长度、轻重的质与量的差所产生的平衡关系。当这种关系处于平衡状态时即会产生美的视觉效果, 如服装款式上省道线或开刀线的黄金分割比例(较小部分与较大部分之比为1∶1.618)。在人体工程学中, 有专门针对人体比例与服装功能性(着装舒适性)的研究。(如图9)

图5

图6　　　　　图7

图 8　　　　　　　　　图 9

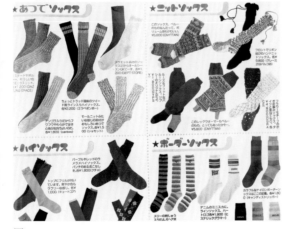

图 10　　　　　　　　图 11

个系列（3—6套）服装不等。拿到命题仔细阅读后，我们首先要做的一定是构思草图，用怎样的款式来表达这一命题。比如，我用怎样的款式来体现休闲随意，用怎样的款式来表达时尚前卫，用怎样的款式来表现高贵典雅等。接着，我们会考虑用怎样的色彩，同样为要表达的主题服务，自然环保的主题用什么样的色彩，异域风情的主题用什么样的色彩，街头时尚的主题用什么样的色彩……最后，我们用什么样质地或肌理的面料来突出我要表达的主题：丝绸、雪纺等纱织物薄且飘逸，适合表现轻盈柔美；斜纹卡其、牛仔、粗纺呢料适合表现野性粗犷；镂空的蕾丝、光亮的丝缎适合表现成熟性感……不难发现我们这里谈到三个方面：款式、面料、色彩，这也就是服装设计的三要素。

1. 款式

①服装的基本款式：夹克、西服、衬衫、T恤衫、大衣、风衣、滑雪衫、羽绒服、背心、连衣裙、A字裙、及膝裙、波浪裙、百褶裙、超短裙、马裤、七分裤、九分裤、直筒裤、萝卜裤、喇叭裤、灯笼裤、牛仔裤、西裤、热裤、内裤、文胸、横胸、肚兜、旗袍、中山装。

②服饰品：帽、包、手套、袜子、鞋、首饰等服饰装饰物。（如图12）

图 12

③服装的功能性常常影响服装的款式：A.职业装：各种职业的工作服的总称，如校服、军服、餐厅服务员的制装等。模拟题1：参考图13设计一套有当代感的男性或女性职业装，体现职场简洁干练，并画出结构图。B.晚礼装：出席宴会、舞会及社交活动等正式场合所穿的服装。（如图14）C.运动装：用于各种体育运动，如体操服、泳装、网球服等。（如图15）D.休闲装：用于生活休闲的便装，包括居家休闲（家居服）和运动休闲（T恤衫、牛仔裤等）。（如图16）E.童装。模拟题2：参考图17设计一系列童装，要求符合儿童心理年龄的审美，以及考虑儿童着装的舒适与安全，画出效果图并配以结构图和主要的工艺说明。

7. 夸张

为增加艺术的感染力及其表达的特殊效果，服装设计常常采用夸张的手法。夸张部位多在肩部、领子、袖子、下摆等处，夸张的运用使服装更加艺术化。（如图10）

8. 反复

反复在服装设计中广泛运用。例如：同一形态的有规律的连续运用，同一面料或图案的交替出现，同一色彩在不同部位的重复使用，都可以产生呼应的视觉效果。（如图11）

(三)服装设计前的构思

美术院校服装设计专业考试，一般要求命题画一幅效果图，设计一套到一

F.婴儿装。G.老人装。H.孕妇装。I.内衣。(如图18)

图13

图14

图15

图16

图17

图18

④2000年—2004年流行的款式搭配：A.上松下紧；B.上紧下松；C.上大下小；D.上小下大；E.上长下短；F.上短下长；G.上繁下简；H.上简下繁。(如图19—图21)

图19

图20

图21

2. 面料

①基本面料种类举例：麻、棉、丝、纱、缎、牛仔、呢料、皮革、毛皮、混纺面料、化纤面料、印花面料、绣花面料、空花面料。

②面料对服装款式及功能性的重要影响：怎样的面料适合做怎样的服装。天然织物棉、丝等环保、舒适、透气，适合做内衣的贴身穿着；化纤、混纺织物挺括、抗皱、塑型效果好，适合做外衣。从另一方面来讲，质地柔软、悬垂性好的面料做成的服装易随身形变化、飘逸；质地硬朗、粗糙的面料更易造型，做成的服装轮廓分明，外形很有精神。(如图22)

③2000年—2004年面料的流行趋势及不同质感面料的时尚搭配：粗与细、硬与柔、厚与薄、平与褶、有光泽与无光泽、有丰富肌理感的面料与光滑的面料等，忽略淡化季节的各种面料混合搭配，如皮毛与薄纱。(如图23—图25)

图22

图23

图24

图25

3. 色彩

①色彩三要素：

色相：色彩的相貌，如红、橙、黄、绿、青、蓝、紫等。

明度：色彩的明暗深浅，如浅绿和墨绿、淡红和深红等。

纯度：色彩的鲜灰(浊)，如柠檬黄和土黄、翠绿和灰绿等。

②色彩应用法则：对比与调和

对比：色相对比、明度对比、纯度对比、冷暖对比。

调和：类似色、邻近色搭配，形成一定的色调。

③ 2000年—2004年流行的时尚色彩搭配：色彩纯度较高，多用对比色，对比中有调和、调和中有对比，较以前更张扬大胆。(如图26—图28)

图26

图27

图28

(四)服装效果图的绘制方法

1. 草图

构思元素草稿、搭配出来的服装款式草稿、小色稿、构图、铅笔线正稿。

模拟题3：用铅笔或钢笔画10套时装设计草图，草图中要体现出一定的构思元素。(如图29、图30)

图29

图30

2．效果图

①常见的表现技法：

A．水彩表现。模拟题4：设计一套非典流行时的医用防护服，并画出背部款式设计图。(如图31)模拟题5：设计一套受海洋动物启发的宴会裙装，画出效果图和结构图。(如图32)

B．水粉表现。模拟题6：用黑、白、灰三种经典色彩设计两套18—25岁青年男女的运动休闲装，体现青春和个性，画出结构图，写出设计构思说明。(如图33：一套灵感来源于七巧板，另一套来源于纸风车。)

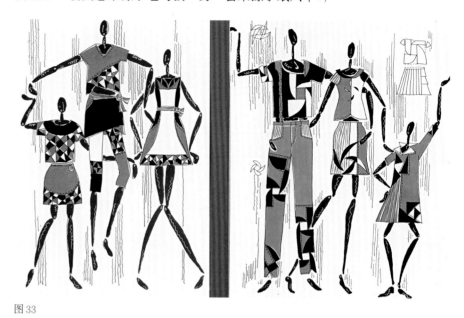

图33

C．彩色铅笔表现。模拟题7：参考图34、图35用2—3种材质，表现2—3种不同的褶皱方式，设计一套结合现代感与古典元素的时装，并绘出结构图，绘画工具不限。

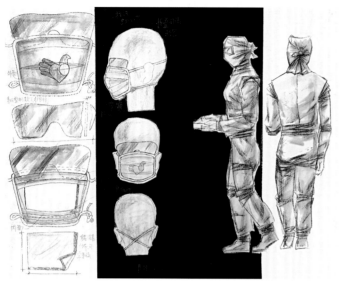

图31

图32

图34

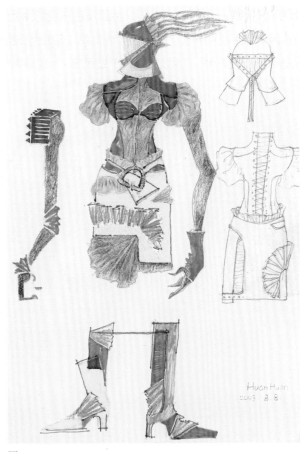

图 35

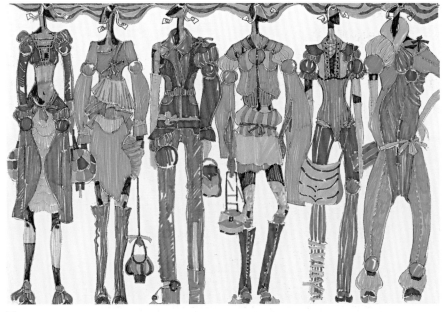

图 37

E.麦克笔表现。模拟题10：设计一套结合西方经典元素（如泡泡袖、褶皱、西服领等经典元素）的现代女装，并绘制结构图。(如图38)

D.水彩笔表现。模拟题8：以"绿色奥运2008"为题设计一系列运动休闲装，要求色彩鲜明，款式有较强的实用功能。(如图36)模拟题9：自定3种颜色和3种材质设计一系列的现代淑女装，要求运用现代几何形体及夸张明亮的色彩组合，体现活力和个性化。(如图37)

图 36

图 38

②特殊的表现技法：

A.宣纸表现(如图39、图40)；

B.色粉笔表现(如图41、图42)；

C.油画棒或蜡笔表现(如图43)；

D.有色纸表现(如图44)；

图42

图43

图39

图40

图41

图44

E.电脑表现。 模拟题11:用计算机辅助设计绘制一套青年夏装,要求表现牛仔、印花雪纺等面料材质,并写出设计说明。(如图45、图46)

图45   图46

③综合表现技法:

A.彩色铅笔+水彩笔表现(如图47);

B.水粉+水彩+彩色铅笔表现,模拟题12:设计一套借鉴中国民间元素的女装,用水粉或水彩表现效果图(如图48);

C.手绘+电脑制作(如图49)。

3. 款式结构图

服装未穿在人身上的平面图,包括正面图和背面图。 款式结构图需要设计师清晰画出服装的款式结构,必要时还需标示出特殊的工艺说明。(如图50、图51)

图47   图48

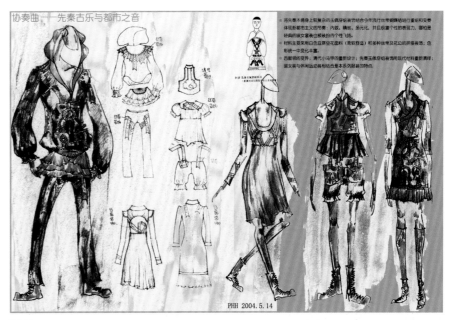

图49

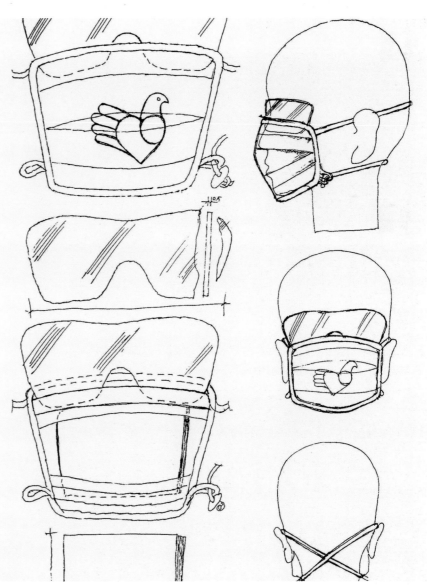

图50

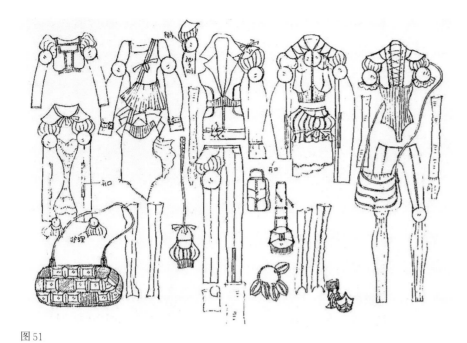

图 51

4．大师的优秀效果图欣赏

图 52

图 53

图 54

图 55

图 56

(五)当代服装的流行信息

1．把握时装流行信息

①当前流行的时尚杂志推荐:《VOGUE》、《ELLE》、《HARPER'S BAZAAR》、《HF》、《DEPECHE MODE》、《MARIE CLARE》、《GLAMOUR》、《COLLECTION》、《HOT LINE》、《GAP》、《COSMOPOLITAN》、《VICTORIA》。

②当前流行的时尚网站推荐:http://www.fashion.net、http://www.fashiononline.com、http://www.fashionplanet.com、http://www.fashionfinds.com、http://www.fashionclick.com、http://www.dailyfashion.com、http://www.fashiondish.com、http://www.modaitalia.net、http://www.coolgirlsjapen.com、http://www.vogue.com、http://www.fashionwindows.com、http://www.elle.com、http://www.firstview.com、http://www.hintmag.com。

2．预测时尚的流行

时尚是一浪一浪呈螺旋上升趋势发展的,所以服装设计师需要借用传统服饰文化中的元素进行重新演绎。时尚还要遵循"喜新厌旧"的法则:看惯了莲花觉得牡丹美,看厌了红色想看绿色,看久了紧身的想看宽松的,追求了性感又渴望清纯。(如图57、图58)

图57

图58

（六）国际知名品牌及著名时装设计大师的作品欣赏

图 59

图 60

图 61

图 62

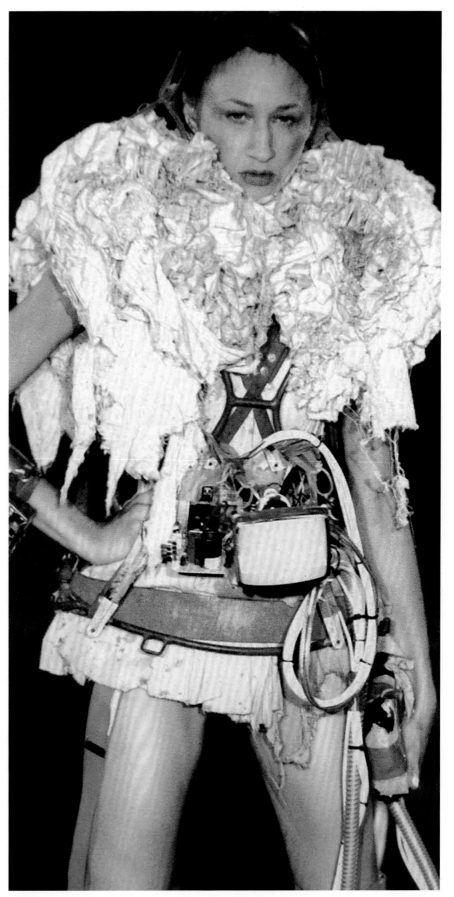

图 63

三 环境艺术设计

随着人类社会的不断发展进步，人们的生存环境日益受到种种威胁，人与环境的关系问题已变得越来越重要。环境艺术设计也成为我们创造宜人的生存环境的重要手段，社会对环境艺术设计专业人才的需求不断增长，对环境艺术设计人员的专业素质要求也日益提高。目前，各大艺术院校及各类专业学校均开设有环境艺术设计专业，以适应社会、市场对此类专业人才的需求。本文通过对环境艺术设计专业的基本概念、其涵盖的范畴以及该专业的一些基本训练项目、基本设计方法的讲解，针对该学科特征对其考试特点进行的分析，大量的优秀学生作业的点评与赏析，使考生在较短的时间内可以把握本专业学科特点和考试要求及特征，并可以适应多种变化的趋势，在让考生可以充分掌握本专业的基本规律的同时，正确掌握考试的基本技能，并增强其应试能力。

(一)基本概念

1．环境艺术设计基本概念

环境艺术设计又称空间环境设计体系，它是一门综合性、交叉性的学科，其涵盖了多学科、多技术、多工种等学科范畴。主要是通过设计者的构思、计划，应用艺术的手法和思考以及技术的手段，来创造出适合人类生活、生产需要，符合人类生理需求和审美需求的环境。环境艺术设计作为连接精神和物质文明的桥梁，在改善人类生存环境、创造理想的社会环境中将发挥重要作用。环境艺术设计专业的中心课题是如何创造出宜人的生存环境，主要研究对象是人类生存的环境，是要处理好人与环境的各种关系，以达到相互协调、互动发展、最终达到为人服务的目的。

作为美术院校环境艺术设计专业的培养目标，则是为培养具备创新精神，并具备室内外环境艺术设计领域所必需的专业知识和专业技能，能够胜任在室内外环境艺术设计部门从事设计、研究教学、项目策划与管理、相关产品研发等专业工作的专门人才。

2．环境艺术设计基本范畴

环境艺术设计专业主要有两大设计范畴：

室外空间设计：室外空间设计包含了城市及地区规划设计，建筑设计，园林绿化设计，广场、公共空间设计，环境雕塑，壁画等。

室内空间设计：室内空间设计（以下简称室内设计）是建筑设计的有机组成部分，是建筑设计理念的有效延续和完善，是运用室内设计手段，创造出理想的室内空间环境。主要包含以下四个部分：

①空间形象的设计：是在建筑设计的基础上调整空间的尺度和比例，对空间进行处理，解决好空间与空间之间的衔接、对比、统一等问题。

②室内装修设计：是按照空间处理的要求把空间围护体的几个界面，即墙面、地面、天花等进行处理，即对建筑构件进行设计处理。

③室内物理环境设计：是对室内体感气候、采暖、通风、温湿调节等方面进行处理和设计。

④室内陈设艺术设计：包含了室内家具、设备、装饰织物、陈设艺术品、照明灯具、绿化等方面的设计处理。

(二)室内设计基本方法

1．室内设计的基本表现方法

室内设计的表现包括工程图、效果图、模型制作、设计说明等内容。高考测试中主要考核考生对基本的工程设计制图、透视效果草图和一般性文字说明的掌握。

①工程设计制图是利用物体受光产生正投影的原理，利用正投影作图的画法；用平面、立面和剖面等不同方位的正投影图来表现室内空间所设计的空间物体的真实形状和大小、位置关系。从平面、立面和剖面三个视角来表现物体的长、宽、高及各种形状、结构、尺度、材料和制作技术的要求。

②设计草图及透视效果图是用简洁的线条和明快的色彩来表现室内设计的意图，展现室内设计的完成效果，是考试中最常见的考核手段。

2．室内设计的基本设计程序

在考试中，考生应在认真阅读和理解考题的基础上，进行深入的分析和思考。分析的内容应包括：所设计的空间的主要功能是什么？使用对象的年龄、性格、职业等特征是什么？设计空间的地理及周边环境怎么样？在了解和分析以上三个方面的内容之后，先进行平面空间的规划，在草稿图上将室内的各个功能区进行合理有效的安排；再在此基础上组织交通通道，将各个功能区有效连接在一起；再将室内所需要的陈设、家具、灯具、绿化以及其他所必需的日用物件和装饰用品按比例并合乎使用和方便的原则配置在平面中。

而在平面规划完成以后，就可以进行立面的设计和规划，在这一步应注意立面与平面的有效协调和比例关系，同时，通风、采光等问题也要仔细考虑。

完成布局规划设计后，按透视作图法画出效果草图，深化平面、立体面图中的各种功能尺度，造型样式，风格特征；确定主体色调，选择好装饰材料的质感表现；再点缀上装饰物品、绿化植物；最后写上设计说明，从使用对象、功能、造型风格、色彩搭配、材料选择、创意特征等几方面分别加以说明。

3．透视作图的基本设计方法

透视作图是根据近大远小的成像原理在平面上表现三维空间的一种作图技巧，是绘制效果图基本框架的方法，常用的主要有一点透视和两点透视两种。

①一点透视，也称为平行透视，优点是可以直观地反映纵深和全貌，绘制相对比较简单容易。画面中就一个透视点（消失点），它的上下左右变化使得画面视角发生变化。（如图64）

②两点透视，也称为成角透视，优点是能够真实地反映现实空间，绘制相对比较复杂。画面表现相对灵活富有变化，画面中分别有两个透视点（消失点）。（如图65）

(三)考试中应注意的问题和主要题点

艺术院校环境设计专业的入学考试，主要是考核考生对本专业的基本概念、研究内容和基本方法的了解掌握程度，并能够应用手绘作图的方法来进行表现。一般是通过普通的小型室内空间造型设计来考查考生的理解能力、创造能力和综合表现能力。

一般而言，以下几个问题是考生在室内设计作图中应充分注意并必须反映在作品中的：

①功能问题：功能反映了人对实用空间的舒适、方便、安全、经济、卫生等诸多方面的要求；在设计中的具体表现则体现在房间关系的处理、家具布置、通风设计、采光设计、设备安排、照明、绿化、通道设计、环境尺度等。

②形式表达和艺术表现问题：整体设计的氛围、形态、构成关系、材料的选择、质地效果、色彩的搭配、主色调子、明度、色度、比例关系等问题。

③新技术和新材料的应用问题：为使室内的环境更加舒适和高效，高新科技成果的应用和新材料的使用是必要的，但同时必须兼顾室内设计的各种设备、装饰材料和风格形成的有效合理配置。

现提供几组试题供考生参考练习。

第一组：

①用透视作图的形式表现一个客厅的设计。(要求有平面的比例图并标明主要尺寸，表现手法不限。)

②陈述简要的设计说明。

第二组：

①用透视作图的形式表现三个不同类型的专业店铺的设计。(要求分别对不同类型性质的店铺有针对性的个性表现，能体现其不同的特征，表现手法不限。)

②分别进行简要的设计说明。

第三组：

①为美术学院学生设计一组学生公寓家具。(要求画出透视效果图，简单着色，手法不限；画出各个家具具体的三视图并标明尺寸。)

②进行简要的设计说明。

第四组：

①设计一个有公共休息坐椅及运动器械的城市小区环境小品。(要求在画出平面布置图的基础上完成透视效果图。)

②进行简要的设计说明。

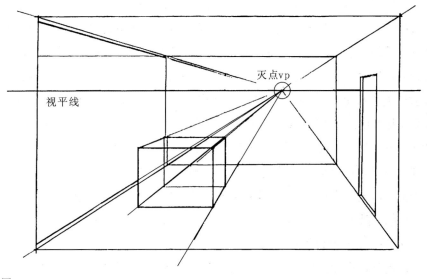

图 64

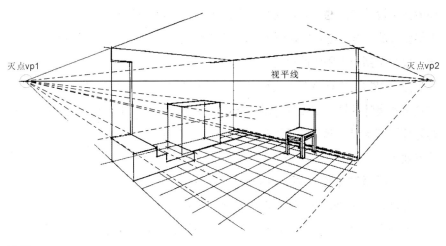

图 65

(四)环境艺术效果图赏析

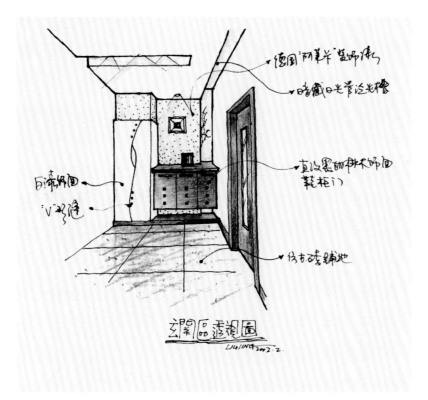

图66

图66　根据一点透视法所作的小型居室设计中的玄关局部的透视效果图,是考试中常常考核的类型。该作品用铅笔绘制的草图形式显得随意自然,辅以简单明了的色彩关系的交代,然后简要地用文字进行说明。

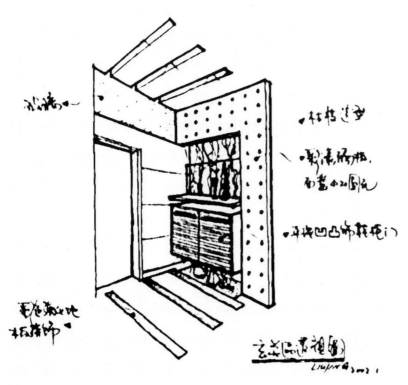

图67

图67　同样是一个居室内的玄关局部的透视效果图,是用两点透视的作图方法表现的;用钢笔绘制,是一种简单的表现方法。

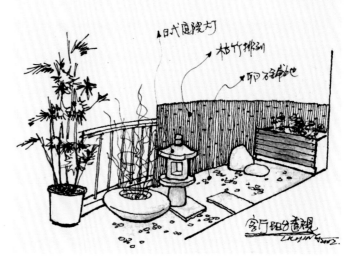

图68

图68　阳台局部的透视效果图,用钢笔绘制,加上简单的色彩表明材质。

图69

图70

图69、图70　在用钢笔快速绘制草图的基础上,用简单随意的线条来表现明暗关系和体现透视关系,表现建筑物的体积和周围环境的关系,这是设计草图的一种表现形式。

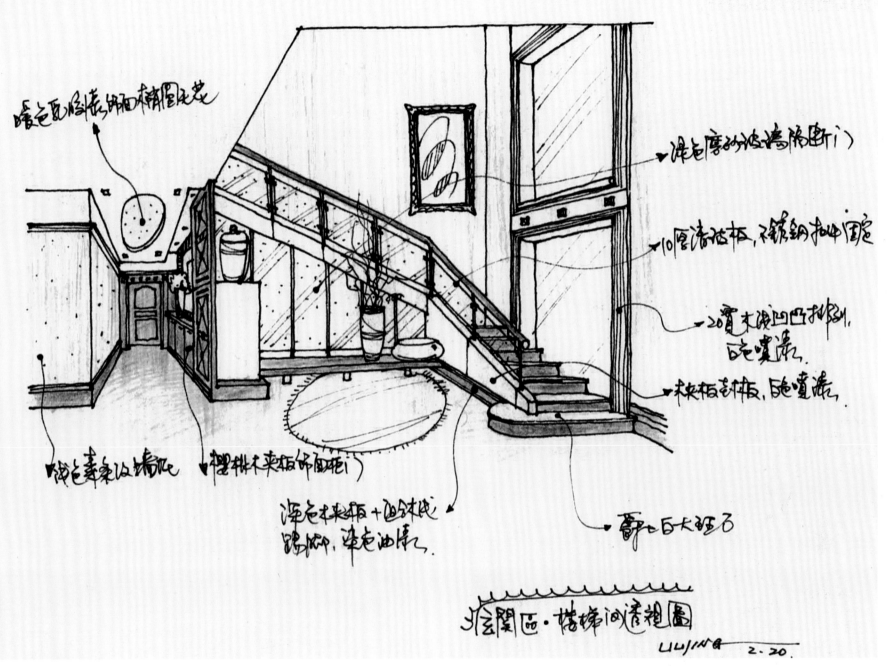

图71

图71　《客厅透视图》。用钢笔绘制的客厅草图，在标明各类建筑装饰材料的同时也应适当地表明具体做法和工艺。

图 72

图 74

图 73

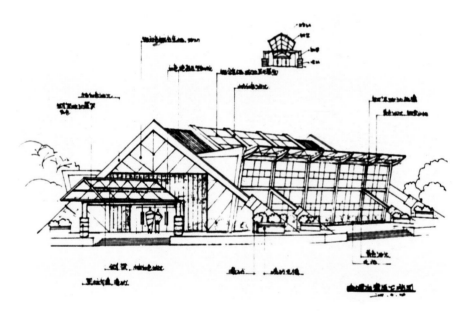

图 75

图 72—图 75　《透视效果图练习》。用铅笔严格地按照规范作图的方法将透视关系建立在图纸上，再用钢笔绘制成形，并简要地将明暗关系作一些交代。表现的关系明确、清楚。

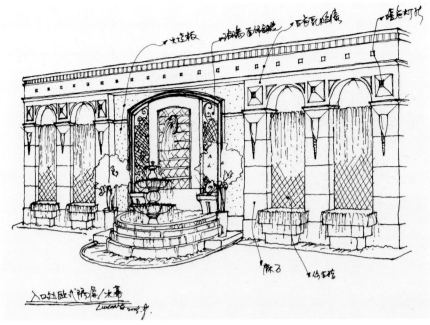

图76

图78

图76 《某欧式会所大堂方案设计》。该方案为一欧式会所大堂水幕墙的设计，设计师用了大量不同种类的石材来还原表现纯正的巴洛克风格。整个设计重点突出，表现丰富。同时充分利用灯光照明的营造来烘托气氛。

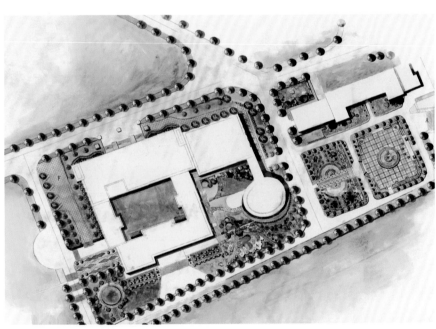

图77

图79

图77 《平面图》。该图为一小区的总平面图，制图的目的是要把环境空间内的相关建筑及其附属物(如植物等)分别表现在平面图上，体现其相互之间的位置关系、造型结构、尺度状态。用钢笔淡彩的形式对其作概括性的大色调表现。

图78、图79 《住宅客厅设计》。住宅客厅设计必须针对业主的兴趣爱好、审美取向、年龄、职业等进行有针对性的设计。设计者采用了高亮光玻化地材、玻璃等材料，木桌采用桃木贴面。整个设计色彩简练，对比强烈。

图80

图80 《卫生间设计》。这是一个面积相对较小的卫生间，设计者用了大量玻璃、浅色墙砖等材料，来达到增大室内效果的目的。

图81

图81 《住宅客厅设计》。该方案大量采用了金属、玻璃等高反光材料，配以简洁、大气的家具来塑造一种富有现代韵味的简约风格。

图82

图83

图82、图83 《卧室设计》。卧室作为休息睡眠的场所，家具及物品陈设应尽量简洁，方便使用。室内空间布局应以床为中心，并尽可能相对安静。灯光设计应尽量柔和而不刺眼。

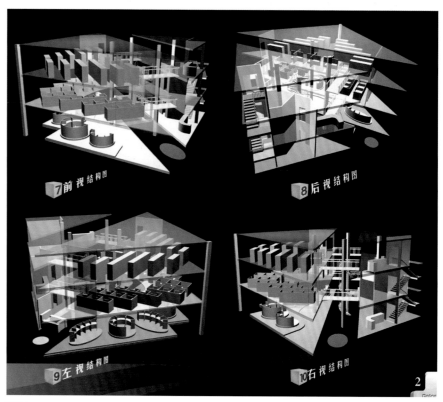

图84

图84 《透视结构图表现》。从建筑物的四个角度来表现设计布局，一目了然，非常明确地表现设计意图。

二层局部效果图

图85

图87

图87　《公共空间大堂设计》。公共空间的设计应充分考虑交通流量的组织和安排，材料和灯光照明的设计应考虑渲染整洁大气、明亮的效果为目的。

图86

图85、图86　《展示空间设计》。展示空间设计应充分考虑交通流量的组织和安排，使参观者可以非常舒适、方便地观看，材料和灯光照明的设计应以突出展示内容，吸引注意为主要目的。

图88

图88　《网吧接待中心设计》。同样作为公共空间的网吧接待中心，在设计上地面材料和物品陈设就相对要丰富和富有变化一些，灯光照明设计柔和、低调。

图89

图89　《商场设计》。商场空间设计应以消费者为中心，商品的陈设应以方便展示和更换为目的。材料和灯光应明亮醒目，突出商品的陈列效果。

四 装潢设计

随着人类社会的不断发展进步,人们对生活条件的要求已不仅仅是使用的功能,而是发展成审美、精神的满足以及心理价值的实现,装潢设计在这样的环境下迅速地发展起来。装潢设计装饰着我们生活的各个方面,小到火柴盒、扑克牌,大到户外广告路牌灯箱、招贴画,无处不在地显示着它广泛的辐射力和独特的视觉魅力,人们也时时为精彩的装潢设计作品、绝妙的构思、出色的视觉表现及传播魔力而叹服,它以强大的影响力对社会经济的繁荣起到了推动作用。

社会对装潢设计专业人才的需求不断增长,对装潢设计人员的专业素质要求也日益提高。目前,各大艺术院校及各类专业学校均开设有装潢艺术设计专业,以适应社会、市场的需求。本章节通过对装潢艺术设计的基本概念和内容、基本设计方法及考试要点的讲解和分析,同时通过大量的练习和应试作品的点评与赏析,使考生在较短的时间内可以把握本专业学科特点和考试要点,正确掌握考试的基本技能,并增强其应试能力。

(一)出题范围

1.装潢设计是什么

装潢设计是利用视觉符号进行信息传达的设计。它利用视觉语言,向人与外界进行交流、沟通,达到传达信息的目的。装潢设计是一门集应用性、创造性和审美性于一体的综合性学科,这要求考生具备较强的美术基础和对综合信息的整合能力,才能应对考试千变万化的形势,设计出优秀的应试作品。

2.装潢设计的考试内容

装潢设计的内容比较广泛,涉及广告设计、标志设计、包装设计、字体设计、书籍装帧设计、插图设计、展示设计和影视设计等一个较大的范畴。下面针对高考的特点对考试的几个重点内容进行讲述:

广告设计:广告是由可识别的倡议者用公开付费的方式对产品或服务或某项行为的设想所进行的非人员性的介绍(美国市场学会对广告的定义)。它集科学性、艺术性、文化性、经济性和技术性于一身,是一门综合性的学科。

广告设计是个具有综合性和复杂性的庞大体系,海报即招贴设计是装潢设计专业高考常见的一种考核方式。海报是广告的一种形式,其特点是用大尺寸的画面进行信息传达。海报一般在室外张贴,十分注重远距离效果,要求画面在构成和色调关系上具有视觉冲击力。海报的类型从功能上分有政治公益海报、商业海报、文化艺术海报等。

海报的要素有图形要素、广告语(即口号,有的有主广告语和副广告语)、必要的说明性文案。考试中要注重海报设计的主题明确、富有创意性和视觉冲击力。(如图90—图93)

标志设计:标志是企业和产品的代表符号,是一种以精练的形象表达一定含义的图形,同时也是一种由超浓缩的信息载体生成的独特的视觉语言。

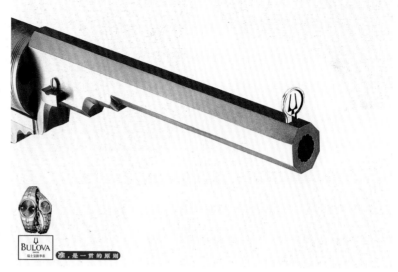

图90

图91

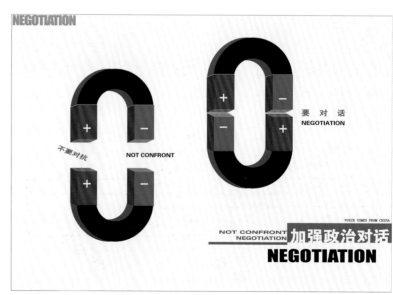

图92

集束炸弹 Cluster bomb

图 93

图 95

包装设计：包装是为了在流通过程中保护产品、方便贮运、促进销售，按一定技术方法而采用的容器、材料及辅助物的总称（《中国包装通用术语》中对包装的定义）。

包装设计应围绕包装的几个功能——保护、便利和促销来展开，一般包括三个范围的设计：容器造型的设计、包装结构设计和包装画面的创意表现。

包装设计应注意几个要素：主要的画面形式、产品名称、广告口号、产品企业简易说明、一定的文案、商品条形码等。注意协调各面的整体统一性。考试中设计图要包括包装结构展示图和立体效果图（根据院校具体要求）。（如图 96）

从使用功能上可分为：企业标志、产品标志、通用标志。

标志的构成元素有：主要的标志形、标准色、企业或产品名称，有的还用其企业口号作为辅助构成元素。考试中要注意将企业或产品的信息用抽象概括的图形语言表达出来。（如图 94、图 95）

图 94

图 96

字体设计：字体设计是运用形式美法则对文字的结构、笔画、编排等要素进行设计，以增强字体的形式魅力，更具视觉上的美感，以增强信息传达的效果。（如图97－图99）

图97

图98

字体设计包括基础字体设计和连字设计。装潢设计中的字体设计单独或配合图像元素，增强标志、包装、书籍、广告等设计的视觉效果。考试中往往根据设计的字体为主体再完成字体在书籍装帧或包装中的运用。

书籍装帧设计：书籍装帧是设计师根据对书稿内容的把握，用情感和想象力创意表达，反映书稿的特殊方式。书籍装帧设计要遵循传递书稿信息内涵、新颖美观、制作经济等几个思想。

现代书籍装帧要建立整体设计观念，实现从内容到形式、封面到内页、文字到图片、纸张到印刷、黑白到色彩的完美统一。

书籍装帧的设计元素：封面、封底、书脊、勒口和封套等；构成元素：书名、主体画面形象、作者、出版社、刊号、条形码等详细信息。考试中设计图要包括书籍各部分的结构图和立体效果图（根据院校具体要求）。（如图100、图101）包装设计和书籍装帧设计特别要注意每部分的独立性和整体的统一协调。

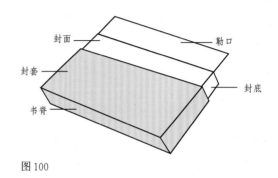

图100

图99

图101

(二)考试内容与要求

通过对装潢设计基本内容的介绍，跃跃欲试的你一定想动手自己进行海报、包装或是标志的设计了，下面对考试内容的介绍与分析，相信一定会使众多考生如虎添翼。装潢设计考试要求有以下几个必要的组成部分：

1.设计图

设计图是装潢设计专业考试的重点，是考生专业素质的体现。装潢设计的考点比较灵活，所以针对不同的考点要遵循相关的规则。

①设计图的基本构成元素

总的来说，装潢设计的基本构成元素有文字和图形。文字传递出准确信息，图形的直观形象的特点，有提高主题注目度、丰富设计主题、渲染情绪的重要作用。在设计中，二者并不孤立存在，往往是相互结合，各自发挥优势，生动而又准确地进行信息传达。

②设计图的基本方法

装潢设计的设计过程可以划分为创意构思和创意视觉化两个大的部分。前者是对设计任务具体内容、目的和传达的目标对象进行分析，并对设计表达概念的构思过程。后者是视觉表现的过程，是将前一过程确定的创意用视觉语言(图像或文字)表达出来。

所以，在具体操作中，装潢设计的程序一般为：设计任务的提出—设计的目标定位—针对问题搜集信息并对其进行分析消化—创意构思—表现—设计评估。装潢设计是一门艺术和技术相结合的设计学科，所以创意设计方法的特点既有艺术创作的多样灵活性，又同技术学科一样，有一定的方法模式可遵循。

我们将设计图的表现方法分为以下几个阶段：分析—创意—表现。

分析　装潢设计的目的是用视觉语言传达信息，最终达成一定的商业效应。着手一个装潢项目的设计，最重要的一个前提就是分析和定位，包括对项目内容、诉说对象的分析，从而确定整个设计方案的方向、风格及整体实施。比如，做一个食品包装，首先要考虑的是哪种食品，是儿童或是成人食品、零食或是主食、大众食品或是特殊食品、高档礼品或是经济包装；其次目标消费者(即最有可能购买该产品的消费者)的年龄、性别、背景、爱好、特点、审美情趣，都是至关重要的，这样才能有的放矢地制定整个设计方案。如果是儿童食品，就可以确定一种活泼俏皮、具有亲和力的设计思路；如果是高档、用于礼节馈赠的食品，则可以走一种典雅高贵、精致的方向。(如图102—图104)

创意　在分析得出了理性依据之后，便是提出设计构想的阶段，要求用一种创新性的想法表达整个设计概念——即创意。

创意是现代设计的灵魂。创意要准确，诉求对象清晰，避免歧义；要新颖，元素或视角新颖另辟蹊径；要有特色，表现方式别具一格；要简洁，直接明确，画面单纯简洁。有人称创意的规律就是没有规律，可见创意的独特性。比如，以"拥护和平、反对战争"为命题的海报设计，扭曲的枪、残缺的手、和平鸽与武器的强烈对比，从不同角度巧妙地表达了设计主题。

表现　是用视觉语言将创意表现出来的过程，要求用符合主题的、具有美

图102

图103

图104

感的方式实现创意概念。现代设计发展至今，已远远超过了功能的要求了，社会进步、文明发展、信息滥泛、同业竞争等压力都要求现代装潢设计不但要有超群的创意，还要有不凡的表现。随着设计风格的演变，进入后现代风格时期，已是兼容并蓄、百花齐放的年代，不管古典的、传统的，或是前卫的、激进的、流行的、国际的，或是朴实的、民族的，只要是符合设计的美学原则，具有秩序美、韵律美、调和美、均衡美、色彩美等，都可成其为好的表现方式。需要强调的是表现方式虽然层出不穷，但是要符合作品特点和消费者的接受情况。根据我国高考的现状，绝大部分都以手绘的方式表现，平涂、水彩、彩色铅笔或是特殊肌理效果的运用等不限（有的根据院校具体要求而

定），但前提是具有较强的视觉效果，在大量的考卷中能够脱颖而出。如命题是为漫画书进行封面设计，可以采用鲜明的色彩、青少年喜爱的表现方法；或者是为中国药膳设计封面，则要求采用传统古朴、易于被中老年人接受的方法来表现。（如图 105、图 106）

最后，评估在装潢设计中也是必不可少的重要环节，商业效应的反馈确定设计的成功与否。只不过，在考试中，设计完成后，最后的评估权就交给阅卷的老师了。

图 105

图106

2.设计说明

设计说明是考试中不可或缺的一部分,这部分考试内容对考生的文字表达能力有所考核。表达能力是现代装潢设计师重要的素质之一,具有扎实的专业基础,再加上清楚流利的表达能力,才能成功地走向社会。考试中设计说明应注意几点:

①明确表达设计要点,可以从创意元素的提炼、色彩的运用、表现方式的体现等角度予以陈述;

②逻辑清楚;

③语言文字流利。

准确流利的设计说明定会为本已出色的作品锦上添花。

3.卷面问答

卷面问答是近年来出现的一种考试方式,体现了考生的专业理论知识和修养。卷面问答的方式有几种:

①要求考生陈述对一些设计作品的体会;

②给出一种设计现象,对此现象要求考生作出一种评判及陈述理由;

③给出一个设计项目,要求考生对此内容设计一种思路和方向。

这类题主要考核考生的设计理论基础的掌握和创意思维的运用,要求考生具备一定设计常识和基本的辨析能力。回答的时候注意表达的清晰与流利。

针对装潢设计高考短时间出效果的特点,考生应该根据自己的特点对考试时间进行有机配置,比如2/3的时间用于完成设计图的表现,1/3的时间用于文字题的回答。

(三)考试题点

下面几组试题供考生模拟练习。

第一组:

①以"和平·战争"为主题进行海报设计,在8开画面内完成,表现手法不限。

②陈述海报创作的设计说明,大约150字。

③问答题:比较耐克和阿迪达斯两个运动品牌的标志,说说你对这两个标志设计的感受。大约200字。

第二组:

①为"中国红"三个字进行字体设计,并以此为主题设计一个中国传统食品包装。在8开画面内完成,包装展开图为六面体。表现手法不限。

②陈述字体和包装创作的设计说明,大约200字。

③问答题:图为中国一品牌的广告设计,你认为成功吗,为什么,如果请你做,你会怎样做?请谈谈你的想法,不超过400字。

第三组:

①为"世界环保"设计一个标志,并以此标志应用到书籍装帧,设计一个"世界环保系列丛书"的书籍封面,书名自定,在8开画面内完成,只要求表现封面。表现手法不限。

②陈述该标志与书封创作的设计说明,大约200字。

③问答题:请你为一儿童沐浴产品提出几点设计方面的设想,不得少于150字。

好的装潢设计必然要满足商业和艺术两个方面的要求,既要促销产品又要体现视觉美感,消费者在消费的同时感受视觉的愉悦、体验创意的情趣。但作为即将奔赴高考考场、艺术设计基础薄弱、商业意识更是淡薄的高考学生来说,上述两者的要求无疑是高难而艰巨的。考生在考前复习及升学的重重压力下,也应时刻关注装潢设计的信息,从这些设计中不但可以随时学习到成功案例的高明之处,提高自己的设计水平,同时对这些作品的欣赏,也不失为缓解压力的一个好办法。你可以从这些杂志和网站获取设计信息:《艺术与设计》、《包装与设计》、《国际广告》、《现代广告》,www.do1cn.com(设计在线)、www.chinavisual.com(视觉中国)、www.cnad.com(中国广告网)、www.cnsheji.com(中国设计在线)等,都是值得推荐给大家共享的好去处。

(四)作品赏析

图107

图108

图107 "PLAY"单词的字体设计,作者巧妙地将字形与游戏机手柄结合,意趣横生。

图108 德国步行文化美术馆标志,象征艺术的罗马柱的动态表现让人不禁称奇。

它 可以无视红灯 但你不行 因为你无法再生

图109 我国著名设计师陈绍华设计的"交通安全"海报,通过壁虎的引喻,警示人们注意交通安全,珍爱生命。

图109

图 110

图 111

图 110、图 111　环保和反战的招贴，强烈的色彩、触目惊心的画面让我们对地球升温和人口爆炸感到恐慌。

图112

"表"达 摩登 新主张

BULOVA
SWISS
瑞士宝路华表

图113

"表"达 浪漫 新感觉

BULOVA
SWISS
瑞士宝路华表

图112、图113　这是为瑞士宝路华表创作的商业广告,作者借用摩登、浪漫、诱惑的概念,以及商品标志在画面中巧妙的出现,"表"达出宝路华表的特质。

图114

图115

图114、图115　这是反对人口爆炸和环境恶化的公益海报，作者利用电脑回收站和非法操作的概念提醒人类环境这个现实问题的解决刻不容缓。

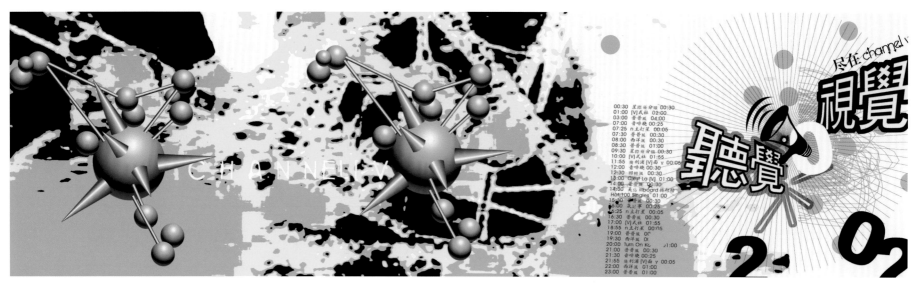

图 116

图 117

图116、图117　为亚洲娱乐频道Channel V 创作的整体宣传系列中的CD封套和宣传单。活泼
动感的风格、时尚流行的色彩，充分体现了娱乐行业的感觉和该媒体的特点。

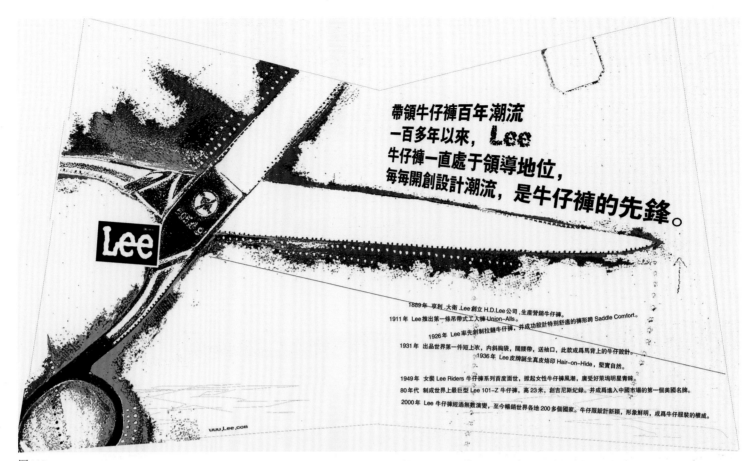

图 118

图118、图119　牛仔服饰Lee的
宣传册扉页，不拘一格的形象处理
和反常规的版式排列，体现了该品
牌我行我素、特立独行的前卫风格。

图 119

图120

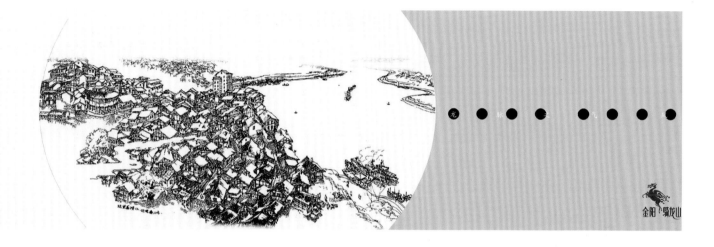

图121

图120、图121 楼盘书的展开面，古典雅致，体现品质感。

图122

图122 环保海报，卡通诙谐的漫画方式，轻松一笑之余接受环保意识的洗礼。

图123

图124

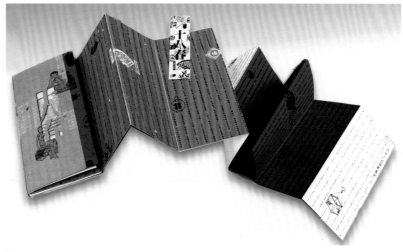

图125

图123—图125　张爱玲《十八春》书籍设计，从外到内的婉约气质、海派画风的仕女形象、流苏般的文字，勾勒出凄美的故事。

图126

图126　反战海报，讽刺手法的运用，新时期的糖衣炮弹。

五 工业设计

工业设计是一门和人类生活息息相关的实用艺术。在经济飞速发展的今天，注重生活品质，已成为社会生活的需要。因而工业设计师也成为年轻人向往的职业之一。为此，近年来报考工业设计专业的考生与日俱增。然而，专业的学习与考试，特别是对工业设计的理解、设计效果图的表现，对于没有受过专业训练的人来说有一定的难度。要想在专业考试中取得好成绩，除了解一定美术基础知识外，还必须对工业设计专业的技能有一个大致的理解与掌握。

(一)工业设计的概念

工业设计的概念是由成立于1957年的国际工业设计协会在1980年举行的第十一次年会上公布的，当时最新修正的工业设计定义是：就批量生产的产品而言，凭借训练、技术知识、经验及视觉感受而赋予材料、结构、色彩、表面加工以及装饰的品质和资格，叫做工业设计。

(二)工业设计的特点

工业设计也有其自身的特点：

安全可靠性：体现在无障碍设计，针对残疾人、妇女产品的设计，儿童玩具的设计，特别是儿童对安全性的判别能力较弱，在设计时必须考虑到这一点。

耐久的使用性和有效性：任何产品都是有寿命的，这里所指的耐久的使用性也是相对而言的，是指相对于该产品的有效使用期之内的一种耐久性。如果这个世界上真的有用不坏的产品，那么经济将永远不会发展，我们今天在这里讨论工业设计也毫无意义。

人机适应性：指人与机器、产品的适应性，具体讲就是机器、产品要与人之间的距离短，外观要有亲和力，功能上要使用舒适。

功能和形式的独特性：我们在设计的时候必须打破传统的观念，才能寻求功能和形式上的独特性，产品设计师也只有用独特的设计才能迎合市场，创造利润。

与环境的相谐调性(产品的针对性)：产品是为什么环境而设计的。(是为广场、酒店还是为家庭所设计。)

环保：指设计时使能源与自然资源的利用达到最小化，或可循环使用。(这是产品的一个很重要的标准。)

造型上的优化处理：外形、体积、尺寸、色彩、材质等都是有可读性的，产品在造型上一定要充分地考究与处理。例如，手机外观的可读性是非常强的，一款手机从造型上我们就能识别出它是时尚型的手机还是可爱型的，是针对女性设计的还是大众化设计的。所以在设计时对造型充分考虑与合理处理就能增加产品的可读性。有感观的吸引力：一个成功产品，从它的感观上就可以勾起消费者的购买欲。比如，一个很漂亮的香水瓶设计，也许人们根本就不知道瓶子里的香水到底好不好闻，就非常想把它买回家，或许买回家之后根本就不会用那瓶香水，只是把它摆在家里欣赏，这一切都只是因为那个瓶子很漂亮，所以，一个好的设计，也应该是具有感观的吸引力的。

(三)工业设计的程序

1.准备阶段，提出设计方向、目的

①提出设计方向、目标。

②资料的准备(收集信息、资料)，对收集的资料进行分析整理。

③提出设计定位，确定产品的定位。

2.具体的设计阶段

①设计构思工作，对各种可行、不可行的方案进行罗列后得出一种可行方案。主要需要解决的问题有：A.对人的动作行为进行分析，对产品功能结构进行划分，对结构进行分析；B.寻求解决问题的技术原理；C.提出各种变体方案；D.对变体方案进行评价，找出最佳方案。

②方案的选定。

③外观造型设计工作：A.绘草图；B.出草模；C.工程制图、效果图；D.产品作用环境的演示(电脑)。

(四)工业设计专业考试

在本书中，笔者综合了近年来工业设计专业考试的各种题型构成，从工业设计的类型、考试内容以及出题形式等几个方面作详细的分析与讲解，帮助有志于报考工业设计的考生提高对工业设计的理解和设计能力。

1.出题范围

工业设计是离我们生活很近的学科，因此出题范围就在我们的日常生活中。

①家居用品：可以简单地理解为台灯、家具、厨房小家电等一系列家中的生活用品。在讲究生活品质的都市新贵、白领当中，不仅仅是穿衣喜好追求品牌，就连家居用品也讲究"品牌"。在讲究品质、讲究生活的今天，人们对待生活的态度更加认真，对于一些小的细节也会极为关注。家居用品的市场前景一片大好。因此家居用品的设计师也是近几年来热门的职业，同时这部分也是考试的重点。下面可以欣赏一下优秀的家居用品设计草图。(如图127—图133)

图127

图 128

图 130

图 129

图 131

②电子产品：电子产品主要包括电话、电脑、办公用品、数码产品等。这类产品高科技含量重，在外观的设计上注重功能性和美观性的结合。特别是近年来对时尚外观的喜好是众多数码产品的主攻方向，同时其产品自身的功能性也是不可忽视的。(如图134—图140)

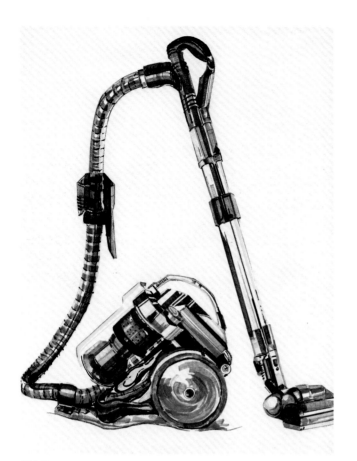

图 132

图 134

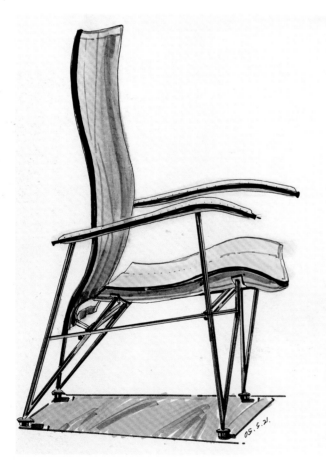

图 133

图 135

图 136

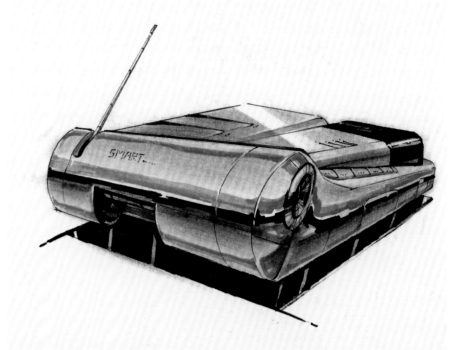

图 137

图 138

图 139

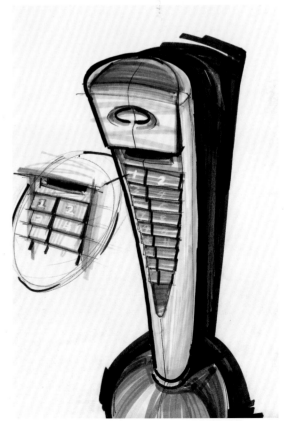

图 140

③手动工具：手动工具主要是扳手、螺丝刀等日常家用工具和工厂专用的
工具的总称。但是由于属于专业范畴，所以在考试中不常考到。这里只作简单
介绍和欣赏。（如图141—图143）

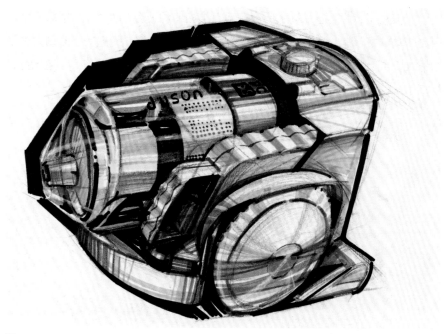

图142

图141

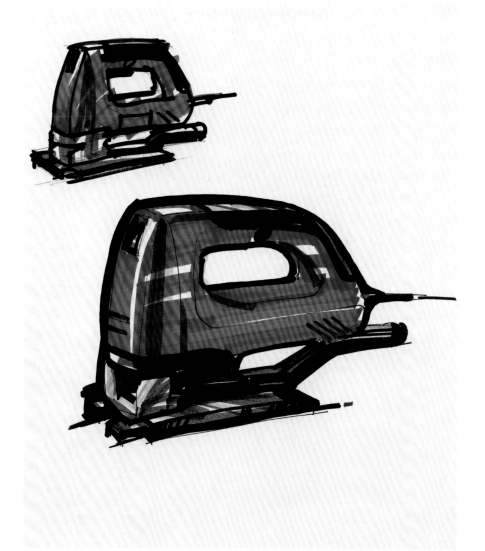

图143

④交通工具：交通工具主要包括动力类和非动力类。动力类是指靠机械牵引力带动的交通工具，如：飞机、汽车、摩托车、火车、轮船等；非动力类是指靠人力或其他非机械力牵引的工具，如：自行车、马车、滑翔机等。(如图144—图146)

图144

图145

图146

2.考试内容与要求

考试除画效果图以外，一般还要求画出创意草图和简单的设计说明。

①效果图：工业设计的效果图是设计师的语言，以前我画效果图，追求的总是一张看起来美观、帅气的图画，看到外国书刊上那些有力的线条、精湛的技法叹为观止，不假思索地拼命模仿，而随之而来的是拘谨和死气沉沉的固定模式，虽然能较熟练地画了，但总有一种不能自如的感觉。后来通过观察认识到，产品速写与效果图视觉美观只是其功能的一部分，更重要的是准确地表现出设计思路，帅气的线条并不是刻意追求出来的，而是寻求一种体现大感觉和快速的方式。理解到这一点，我终于找到了一些感觉和方法。虽然电脑在设计中的普及越来越广泛，但仍然无法代替手绘图，这对初学者来说仍是一项很重要的能力。

在效果图的色调上，要用明亮轻快一些的色调，要求形体清晰、空间、色调统一。在大色调基础上，细部也可利用，如室内设计的花瓶，可用鲜艳色调，使画面统一又不单调。

A.产品的形态、结构和材料的质感。(如图147)

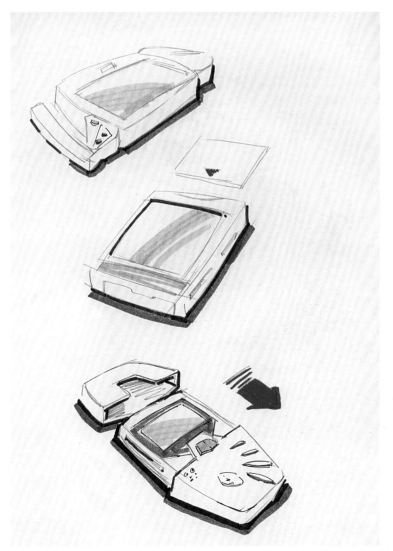

图147

B.着色的表现技法和不同工具的运用：水彩(如图148、图149)；色粉笔(如图150、图151)；麦克笔(如图152、图153)；综合表现技法(如图154、图155)。

图148

图150

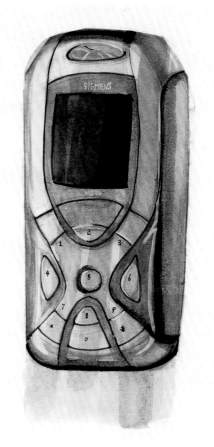

图149

图151

图 152

图 153

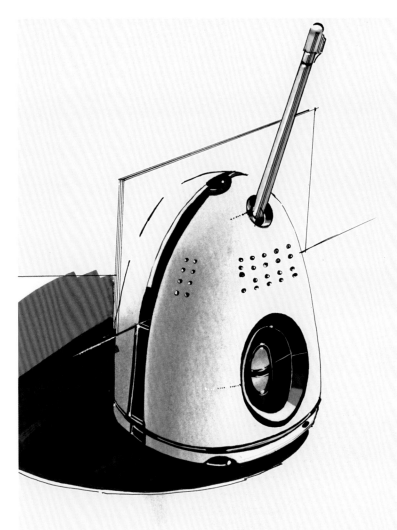

图 154

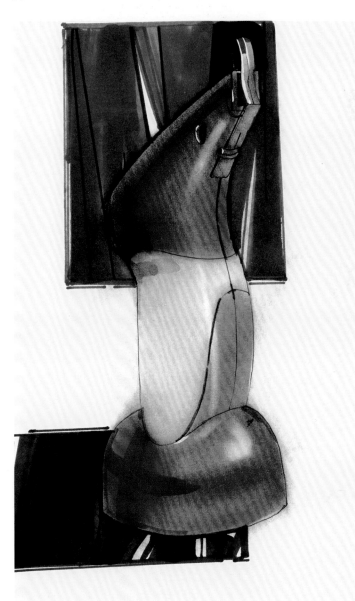

图 155

②创意草图：我们应具有较好的表现能力、画好草图和徒手作画的能力。作为一名工业设计者，下笔要快而流畅，而不是缓慢迟滞而拘谨。在一些小的实践过程中，我越来越体会到画草图的重要性。后来在一次上网中，一小段话给了我启发。许多人问Carol Publishing Group的艺术总监James Victore："怎样做才能成为优秀的平面设计师呢？"James Victore表示答案应该是："离开您的电脑，到附近的文具店买一些黑色的麦克笔、铅笔、蜡笔和素描本，然后在火车上或公车上，在酒吧等候朋友的时候，在晚餐过后，在业务会议中或在通电话的时候随心所欲地画画。如果忘了带本子，也可以用餐巾纸来代替。画几百个小方案，写下各种点子。当您以个人风格将这结合在一起的时候，就可以回到电脑前工作了。"由此可见画草图的重要性了。

考生在落笔开始绘画之前首先要注意的是整张卷面的构图，草图、效果图和设计说明的比例要统一，不要出现卷面构图明显偏移的情况，保证整张卷面的大效果良好。不同的学校对试卷有不同的具体要求，有的要求画在同一张卷面上，有的要求画在两张卷面上。下面提供几张较好的构图范例以供参考。(如图156—图159）

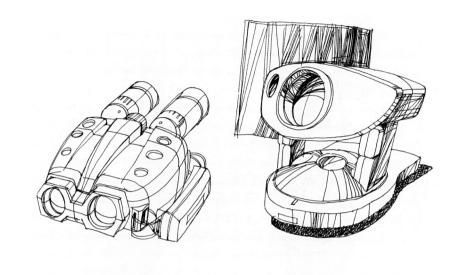

图157

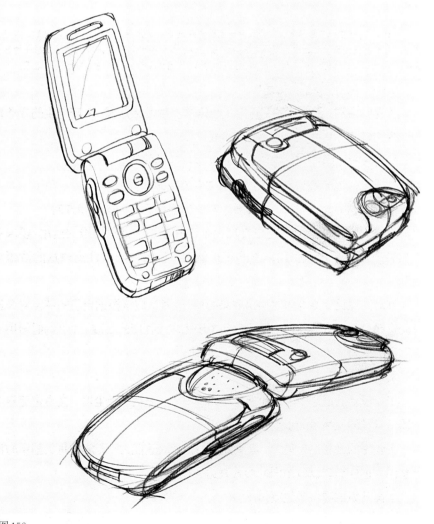

图156

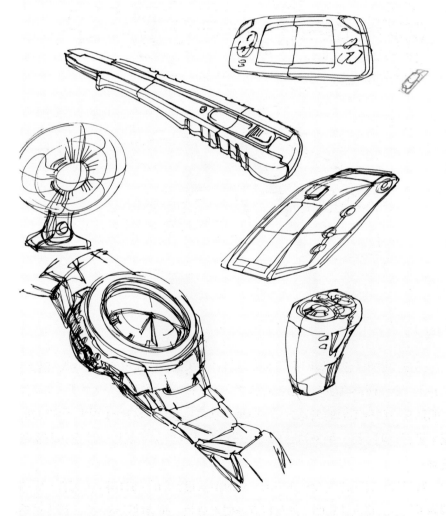

图158

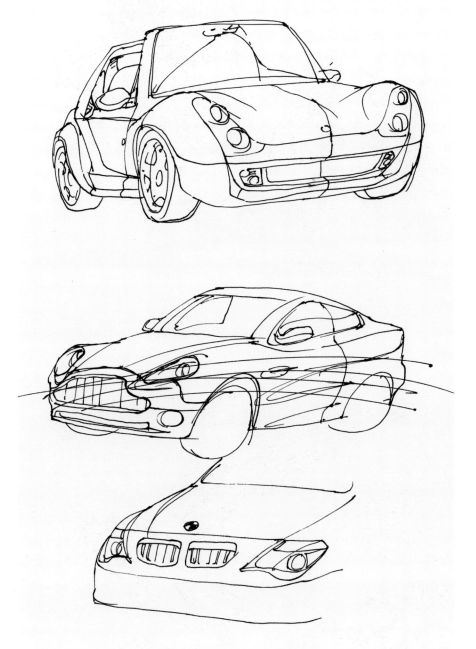

图 159

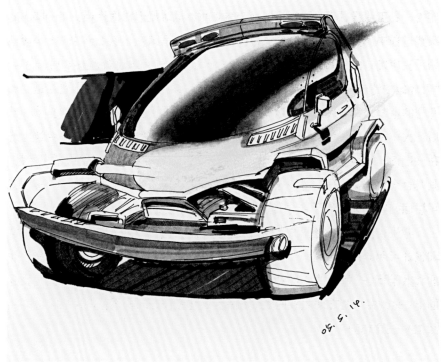

图 160

图 160 《迷你越野轿车》设计。设计说明：该款汽车设计体现了休闲和个性的主题。该车的设计目的不仅仅是行驶的愉悦，还注重汽车的安全性、操纵性和经济性，符合汽车小型化的发展趋势。运动的色彩搭配，符合现代汽车设计的国际流行元素，营造出一种越野运动的主题。

③设计说明：设计说明是用文字对设计效果的概括或补充说明。要注意图文并茂，全面而准确地表达出设计构思。考试时一般要求50—100个字。设计说明通常有两种不同的表达方式，一种是从灵感来源、材料的运用、色彩的搭配来进行说明，另一种表达方式可以是散文或其他文体表达一种设计理念和情感。

对于设计说明应注意以下几点：A.对所做设计的产品材料、工艺有一定的解释说明；B.将设计意图、创意特点等要素清楚、简洁地表达出来，因为试卷对设计说明字数往往都是有限制的，所以要尽量简洁。(如图160)

④卷面问答：卷面问答是近年来出现的一种考试方式，考查考生的专业理论知识和修养。卷面问答的方式有几种：

A.要求考生陈述对一些优秀的工业设计作品的体会；

B.要求考生对自己的考试作品的优劣进行评说；

C.针对一个设计项目，要求考生对此内容设计一种思路和方向。

这类题主要考核考生的设计理论基础的掌握和创意思维的运用，要求考生具备一定的设计常识和基本的辨析能力。回答的时候注意表达的清晰与流利。

针对工业设计高考短时间出效果的特点，考生应该根据自己的特点对考试时间进行有机配置，比如2/3的时间用于完成设计图的表现，1/3的时间用于文字题的回答。

3.考试题点

工业设计的试题一般是小家电，如手电筒、电话、吸尘器、文具盒等日常用器，考试的检测目的主要是：

①学生的创意性如何；②学生整体的设计表达能力，即能否将头脑中的设计意图、创作思想以效果图的形式表达在纸面上。

下面几组试题供考生模拟练习。

A.个人通讯终端设计，考虑使用方式与形态的关系，在8开画面内完成，表

现手法不限；陈述该设计的设计说明，大约 150 字。(如图 161)

B.以"未来"为主题进行交通工具设计，在 8 开画面内完成，表现手法不限；陈述该设计的设计说明，大约 150 字。(如图 162)

C.设计一种带液晶显示的 IT 产品，需包括按键 8 个，并进行合理布局，在 8 开画面内完成，表现手法不限；陈述该设计的设计说明，大约 150 字。(如图 163)

图 162

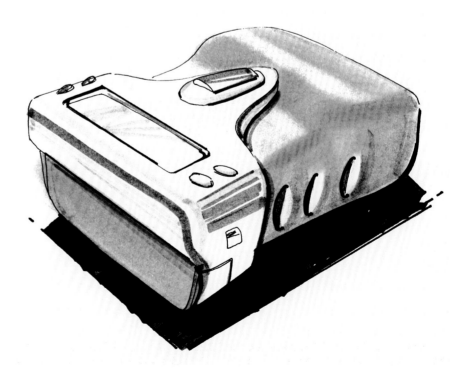

图 161

图 163

4.作品赏析

图164

图166

图164 此张效果图能熟练地运用水彩颜料表现不同的材质和色彩关系。采取不完整的构图来表现对象的特征,从而突出对象的体积感和素描关系。色彩对比鲜明,具有很强的视觉冲击力。(使用工具: 水彩、麦克笔)

图166 此张效果图采用麦克笔的手法来表现对象复杂的结构,充分利用麦克笔自身的特点,使作品创作时速度快,画面层次分明。能够熟练运用不同的笔法,塑造复杂的形体关系。画面处理虚实得当,色彩关系饱和。能充分地表现设计者的设计意图。(使用工具: 麦克笔)

图165

图167

图165 此张效果图采用色粉加麦克笔的手法来表现对象强烈的虚实效果,从画面的整体效果来看,色彩饱满,线条流畅。通过前后的虚实对比,采取径向模糊的方式,表现出对象强烈的速度感。(使用工具: 色粉、麦克笔)

图167 此张效果图采用色粉表现对象的固有色,运用麦克笔表现玻璃材质的车窗和部分金属。笔触松动有力,富有变化,车身后部采用涂抹的形式来表现对象的速度感和虚实关系。能较好地运用背景营造空间感。(使用工具: 色粉、麦克笔)

图 168

图 170

图168　此张效果图通过不同的用笔方式，很好地表现了车体面与面之间的转折和过渡关系。细节刻画丰富而富有动感。但是透视表达欠佳，右侧的阴影关系影响了画面效果。应该通过笔触的疏密深浅变化，使阴影成为对象的有机整体。(使用工具：麦克笔)

图170　此张效果图采取写实的手法，充分表达了对象的形态，透视准确，结构严谨。运用熟练的技法表现出了对象丰富的材质效果。但色彩关系处理欠佳。(使用工具：色粉、麦克笔)

图 169

图 171

图169　此张效果图运用ALIAS STUDIO 软件制作，探讨三维形体关系，寻求块面的穿插变化。在设计中运用流畅的曲线和鲜明的色彩搭配表现运动时尚的主题。

图171　此张效果图采用特殊的底色高光法，在有色纸上用麦克笔表达对象的形态，用白色水粉颜料表现对象的高光部分。具有强烈的视觉效果，材质表达明晰。(使用工具：水粉、麦克笔)

图172　此张效果图采用底色高光法，用水彩铺底，用麦克笔表达对象丰富的细节，使得主体与背景能够很好地融合。结构严谨、线条流畅，虚实得当。(使用工具：水彩、麦克笔)

图172

图173

图173　此张效果图采用的是麦克笔和色粉相结合的画法。先用麦克笔画出物体的大形和部分明暗关系，然后用色粉擦出产品的过渡部分。细节丰富、过渡自然，具有强烈的整体效果。(使用工具：色粉、麦克笔)

图175

图175　此张效果图采用底色高光法，用水彩铺底，用色粉表达对象的灰色层次，使得主体与背景能够很好地融合。结构严谨、线条流畅，虚实得当。作者在塑造形体的同时，努力表达对象的空间关系。(使用工具：色粉、麦克笔)

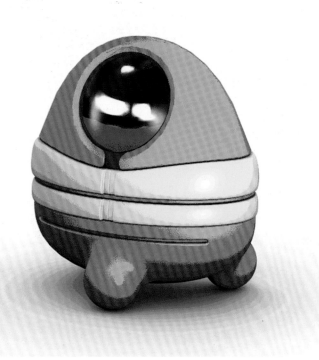

图174

图174　此张效果图采用ALIAS STUDIO建膜，3D MAX渲染。设计灵感来源于仰韶文化中鱼的形象，运用流畅的线条表现家庭娱乐设备特有的亲和性。

图176

图176　此张效果图大量运用色粉的柔化效果及麦克笔的厚重笔触，对比鲜明，再加上作者对形体的虚实效果的夸张处理，这样使得整个画面极具张力。(使用工具：色粉、麦克笔)

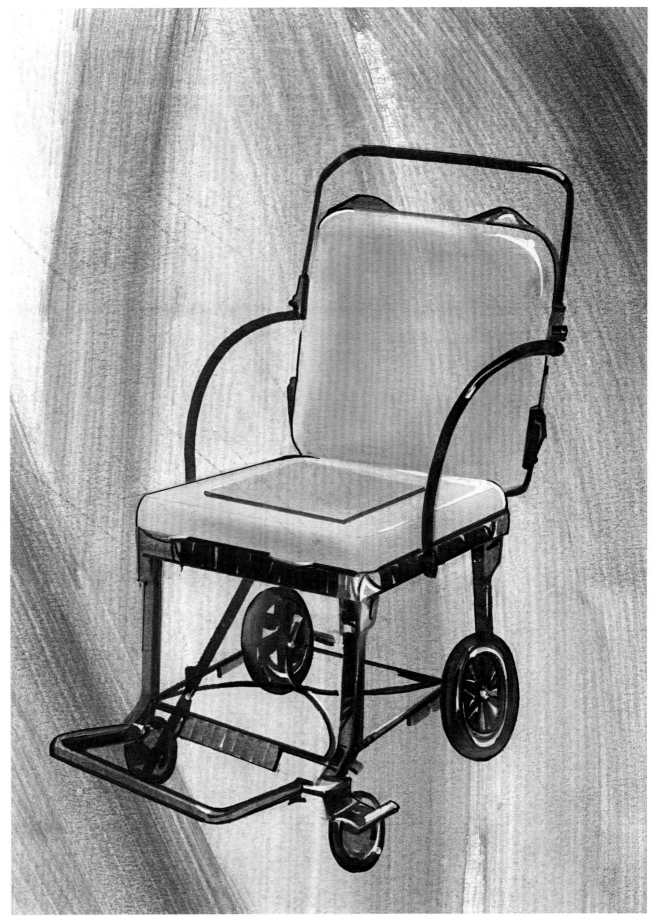

图177　此张效果图采用写实的手法来表现对象的形体关系，从画面的整体效果来看，色彩饱满，线条流畅。但是透视关系欠佳，且虚实处理不当，画面显得过于沉闷。(使用工具：麦克笔、水彩)

图177

图178

图180

图178　此张效果图采用底色高光法，用有色纸作底，用水彩表达对象的灰色层次，用白色水粉颜料刻画高光，使得主体与背景能够很好地融合。结构严谨、线条流畅、虚实得当。作者在塑造形体的同时，努力表达对象的空间关系。(使用工具：水彩、麦克笔)

图180　此张效果图大量运用色粉的柔化效果及麦克笔的厚重笔触，对比鲜明，再加上作者对形体的虚实效果的夸张处理，这样使得整个画面极具张力。(使用工具：色粉、麦克笔)

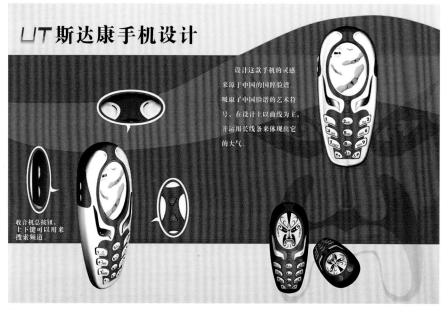

图179

图181

图179　此张效果图运用ALIAS STUDIO软件制作，探讨三维形体关系。在设计中将传统的脸谱艺术融入具有现代气息的通讯器材中。运用流畅的曲线和鲜明的色彩搭配表现动感时尚的主题。

图181　此张效果图采用的是麦克笔和色粉相结合的画法。先用麦克笔画出物体的大形和部分明暗关系，然后用色粉擦出产品的过渡部分，使得画面细节丰富、过渡自然。阴影的表现富有变化，具有强烈的整体效果。(使用工具：色粉、麦克笔)

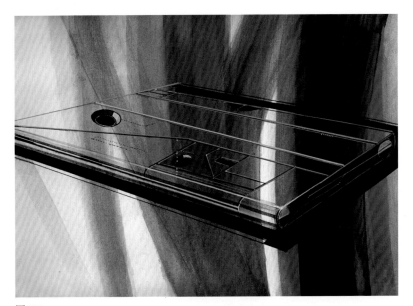

图 182

图 185

图 183

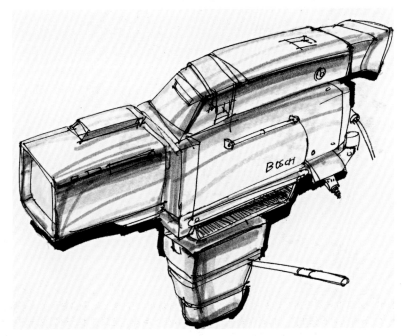

图 184

图 186

图书在版编目(CIP)数据

设计创意／张杰著．—南宁：广西美术出版社，
2006.1
（美院高考完全手册）
ISBN 7-80674-869-5

Ⅰ.设… Ⅱ.张… Ⅲ.艺术—设计—高等学校—
入学考试—自学参考资料 Ⅳ.J06

中国版本图书馆 CIP 数据核字（2006）第 000176 号

—

美院高考完全手册
设计创意

主　　编：张　杰
编　　著：秦　臻　彭奂焕　陈　石　汪　涌
图书策划：钟艺兵
责任编辑：林增雄
文字编辑：梁秋芬
责任校对：陈小英　陈宇虹　刘燕萍
审　　读：林柳源
出 版 人：伍先华
终　　审：黄宗湖
封面设计：亚　兵
版式设计：七　弟
出版发行：广西美术出版社
地　　址：南宁市望园路 9 号
邮　　编：530022
制　　版：广西雅昌彩色印刷有限公司
印　　刷：深圳雅昌彩色印刷有限公司
版　　次：2006 年 5 月第 1 版
印　　次：2006 年 5 月第 1 次印刷
开　　本：889mm × 1194mm　1/12
印　　张：5
书　　号：ISBN 7-80674-869-5/J・580
定　　价：25.00 元